# 詩控島嶼

亮孩／著

## 作者

亮孩。大多時候是新竹人，長不大也不想長大。

喜歡玩、愛亂寫，關心社會也關心晚餐要吃什麼，愛護地球更愛護身邊的人。拚命思考、捍衛善良，努力實踐「勇敢是一種選擇」的生命態度。

寫了三本暢銷詩集，依然保有做夢的能力；願這本《詩控島嶼》能帶領讀者探索臺灣，找到自己。

## 推薦序（依姓氏筆畫排序）

詩是對已存在事物的重新「發現」，大人「社會化」太久，這「發現」不容易，尤其要以二行成詩，更是困難。

而這些小少年卻不同，眼光獨到，個個火眼金睛，把日常所見，如停個車、過個紅綠燈、走過老街、看個布袋戲、見到檳榔西施、經歷個地震……，都有新角度新視野，而且有話可說，只用短短兩行，就讓人眼睛一亮，這可能用散文一兩百個字都說不清的。

這些小詩人做了一件很不容易的事，「寫一首壞詩的樂趣，甚於讀一首好詩」（赫塞），何況能寫出兩行好詩來！

白靈

詩控的領域，從城市、餐桌、動物園一直到島嶼，越來越大的守備範圍，讓短短兩行的排列組合，有越來越多相異的模樣。

從小孩的視野看去，少了點大人眼裡的世俗與虛偽，反倒多了些天真卻細思有理的真實。詩句伴著長大後你我，一同想起那些已經好久沒這樣想過的小事。

不那麼文謅謅，是不是就不詩了？不，我覺得這些作品，還是很詩呢。

謝知橋

# 編者序

《詩控》系列從「城市」的角落發芽，上了「餐桌」大快朵頤一番後，又進了「動物園」與鳥獸齊鳴。三本詩集累積了不少忠實讀者，也讓世界看見了孩子的無限可能。

第四本，打算以孕育我們的這塊土地為主題，動筆後才驚覺——我們對於自己的家園似乎並不那麼熟悉。於是，亮孩們帶著幾分歉疚和一顆謙卑的心，重新探索島嶼上的種種，從歷史到文化、物產到現象，拼湊成一幅全新的臺灣意象。

編輯這本書的過程，充滿著各種驚喜（和驚嚇），相信閱讀這本書的你，也會跟亮孩們一起重新打造一座——專屬的美麗島嶼。

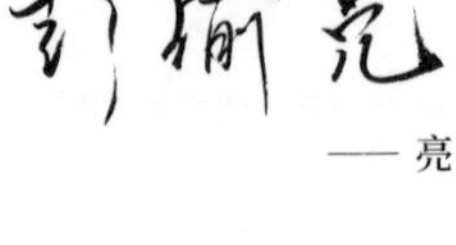

——亮語文創總編

# 目次

# 臺灣狗蟻

含糊著
炙燙的愛

# 小綠人

在有限的時光裡
為你奔走

黃詩云15歲

潘品彤 14歲

# 古厝

百年風煙的一條龍
落入了城市的囚籠

# 珍珠奶茶

嚼不爛的
甜言蜜語



林冠岳 16歲

賴宥瑄 16歲

# 雙心石滬

新鮮感退潮
擱淺了兩顆破碎的心

## 雙心石滬

還在彼此的心底徘徊
不許離開

邱伶15歲

26

林佳諭 18歲

## 愛的小手

打從心底的愛，瘀積在
長不大的小手心上

# 搶頭香

預備——
「祈！」



童翌青12歲

## 作文

阿嬤
又死了

姜采彤 12歲

# 放天燈

飛走的
夢想

# 〈白色恐怖〉

「　」

「。」

。

羅安晴 16歲

# 便利商店

千千萬萬個錯過
我在下個轉角等你

# 八點檔

怎樣的淒絕和荒謬
才能讓晦暗的雙眼再次發亮


周昀妍 17歲

34

林佳諭 18 歲

# 鵝鑾鼻

做你的燈塔，在你
最南過的時候

# 臺語

不願以低俗的姿態
存活於眾人記憶



張芸穎 15歲

36

施瑀 18歲

## 健保

最不想遇見的
幸福

## 總統大選

看著相同的劇碼
廟口戲臺前的老人，笑了

廖昱恩 16歲

ㄅㄚˇ ㄅㄨ

吹響歡樂
凍結童年



王薇甯 18歲

## 擂茶

家常的瑣碎，細細打磨成
一抹香醇



潘品彤14歲

〈臺灣黑熊〉

你胸前的深V，有著
致命的吸引力

余武洋 15歲

林莞庭 18歲

# 檳榔西施

昔日浣紗的你
如今只剩，一層薄紗

不好意思

我的出現，是否總是
不合時宜

# 工程師

背著黑夜和家人的熟睡
堆起一座座護國神山

## 擲筊

問題
都丟給你

羅慈涵 16歲

## 金門戰疫

曾經的第一防線
如今的最後防線

# 滷肉飯

都熬到這一步了
該怎麼拌才好？



張丰謙18歲

## 蘇花改英雄

暗中鑿壁
為你鋪好回家的路

# 北漂族

南來
北惘

黃緯承 15歲

# 天燈

你的誓言，淪為
我的負擔

# 鐵窗

一排圓桿，囚禁著
月色與希望

〈紅毛城〉

血紅的落日，淡去
氤氳成不願斑駁的燦爛

邱伶 15歲

## 地震

我的宣洩太過頻繁
而你早已無感

# 阿里山小火車

也想在霧涸的雲海中留下
欣賞，你的盛放



周昀妍17歲

林詩硯 13歲

## 繁體字

墨黑浪花
萬年山水

# 族語

你又打算逃往何方？
在這片字正腔圓的汪洋

林靖依 18歲

交通・小綠人

多少年了
依然在原地踏步



陳芊嘉12歲

# 小綠人

看著你原地踏步
也只好分道揚鑣



張書扉16歲

林佳諭 18歲

## 注音符號

大人們頭（ㄊㄡˊ）頭（ㄊㄡˊ）是道
卻錯讀了孩子輕聲的念頭（˙ㄊㄡ）

# 媽祖遶境

牽起連綿的人情味
成全每一個人的廟會

黃暄棋13歲

〈打彈珠〉

童年的期望
四處碰壁

童翌青 12歲

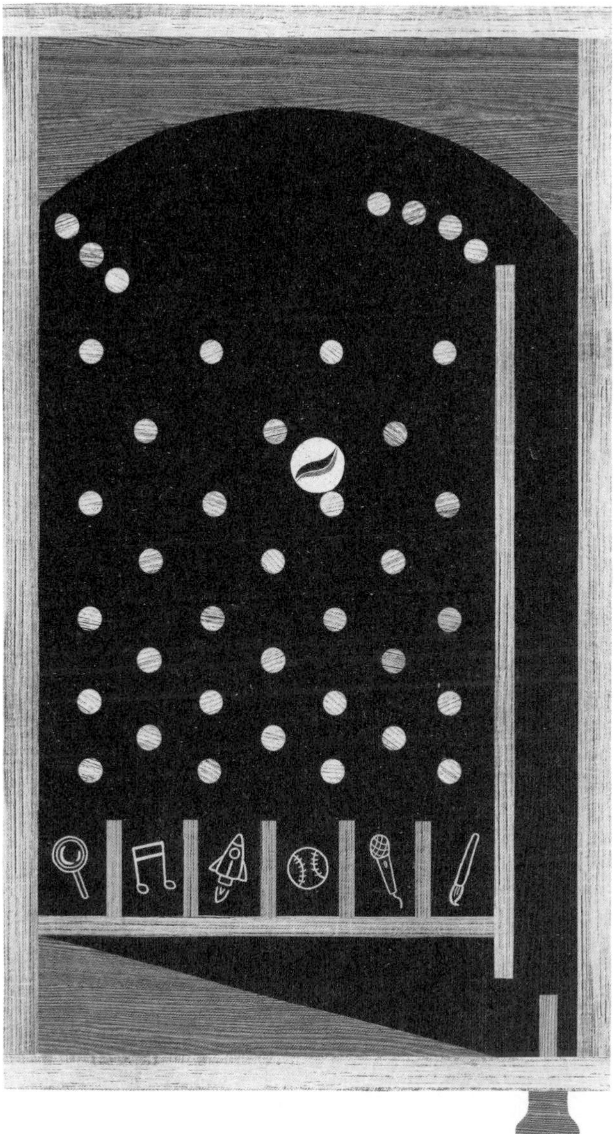

## 臺灣海峽

他說，就像一張雙人床
中間隔了一片海

# 老榮民

那沒有太陽的地方
仍是我心心念念的家



廖昱恩 16歲

李宜璟18歲

## 藍眼淚

只能在夜裡宣洩
你才看得見

# 太魯閣峽谷

千年的傷疤，依舊
兀自淌著藍色的血液

杜昕嬡13歲

## 會考

全部抄下來！

會考會考！

# 流麻溝

流放掙扎的靈魂
麻痺逐漸死去的肉體



劉豫瑄16歲

# 臭豆腐

以臭味的高牆
阻隔不懂我的你

黃伊恩 13歲

# 行人地獄

走快點
就快要紅了！



蔡僑陽18歲

蕭義軒 17歲

## 鄭南榕

浴火的鳳凰，照亮
黎明前的深夜

101

唯有站在最高點
才能被看見

陳昕筠 12歲

〈補習〉

生生不習
永不止習

劉豫瑄 16歲

勝
上榜
特考
滿分
高效
文
學
數理
高中
成
升大學

# 金門高粱

烽火般的灼烈，傾注
在你近乎失守的嘴角

# 壓花玻璃

窗外的朦朧
是曾經的清澈單純

邱伶15歲

玫瑰少年

太美麗的
總被攀折

# 櫻花鉤吻鮭

冷冽的一抹純情
留香在你們的盛世，殘喘

潘品彤14歲

# 女王頭

拂耳
磨沙

# 健保

一次次的無病呻吟
成了無法負荷的重量



林韋諭16歲

## 嫁接

千年老木掛上野百合
獨特的番薯，誕生

**檳榔**

呸！
累到吐血

〈鐵窗花〉

記憶逐漸鏽蝕
仍痴情守護著舊情綿綿

劉懿瑱 14歲

一攤軟爛

搗麻糬

搥死，掙扎

紙蓮花

對你的想念
層層疊疊

王玧13歲

黃暄棋 13歲

## 新竹米粉

九降風吹起
千絲萬縷

## 布袋戲

是誰掌握了
誰的人生

邱伶15歲

盧辰翰 13歲

藍白拖

踩出

一片天

# 藍白拖

退一步
海闊天空

杜昕嫚13歲

# 女王頭

百年聞風不動的王位
終須送上斷頭臺

## 磚房

緋紅淡妝
已被遊子淚洗了大半

徐曼斐15歲

林家寬14歲

# 綠島浮潛

五彩斑斕的社會
要懂得閉嘴

## 人情

我笑了
你也笑了

徐愛智12歲

〈酒駕〉

在扭曲的空間中
自以為的直線前進

陳顗聿 12歲

廖昱恩16歲

# 青春的叛逆期

# 火山島

# 繁體字

極簡主義，無法取代
過往的繁華

吳香宜13歲

# 臺南港

隨著時間的沉澱
也只能擱淺了

# 紗窗紗門換玻璃

家裡的門窗不曾壞過
你從未離開



周昀妍17歲

# 外籍看護

守護著你，卻
無人守護

菜瓜布

殘存的思念
反覆搓揉



林佳諭 18歲

孫瑜婕 17歲

## 繡眼線

青藍的眼角
淌著時代的眼淚

105

陳亮瑜14歲

# 廟

滿街上
誰是誰的支柱

〈大同電鍋〉

專屬臺灣人的

煉丹爐

童翌青 12歲

蘇俐宸15歲

# 立法院

巴舌
吞相

林佳諭18歲

# 早餐大冰奶

戳穿你的笑話
卻蹚了一肚子渾水

蘇柏允13歲

臺灣史

融入他人
迷失自我

## 菸蒂

被踐踏前，也有過
短暫的燦爛

中央山脈

劃下界線
兩個世界



童翌青12歲

# 垃圾車

葬禮的鐘聲響起
開往火堆的未來



蔡依庭 17歲

# 老街

只有回憶是真
再來的，都只是過客

# 玫瑰少年

我絢麗綻放
你在凋謝後駐足

〈電線桿〉

失序的大雨，也洗不清
斑駁殘缺的標籤

周昀妍 17歲

# 島的聲音

失語
失嶼

張至晴14歲

## 夜市

一夜失控
身心沉重

小綠人

逃不出的框架
反覆的人生

# 修改衣服店

縫縫補補
在你的記憶仍是缺口

潘品彤14歲

黃伊恩 13歲

垃圾車
不斷重訴著
少女的祈禱

## 垃圾車

這些
給愛麗絲

陳洸翌 15歲

124

余武洲 13歲

路邊停車

徘徊著，尋覓著
終究無地自容

# 布袋戲

被玩弄於股掌之間
卻流露一片真情

徐愷澤 13歲

## 筊

你們總冀望
我們不一樣

## 椪糖

過度膨脹後
只剩甜膩和空虛



邱伶15歲

〈天燈〉

放開手，願

才能成真

官湧泰 17歲

滿
順心如意
娶水某嫁好尪
身體健康
好事發生
心想
幸福美
風調雨順
國泰民安
工作順利
年年加薪
世界和平
告白成

## 亮孩群（依姓氏筆畫排序）

| | | | |
|---|---|---|---|
| 王玧 | 王薇甯 | 余武洋 | 余武洲 |
| 李卅 | 李宜璟 | 吳香宜 | 邱伶 |
| 杜昕嫚 | 林冠岳 | 林佳諭 | 林莞庭 |
| 林詩硯 | 林靖依 | 林韋諭 | 林家寬 |
| 周昀妍 | 官湧泰 | 姜采彤 | 施瑀 |
| 范圓沂 | 陳洸翌 | 陳芊嘉 | 陳昕筠 |
| 陳顗聿 | 陳亮瑜 | 徐曼斐 | 徐愛智 |
| 徐愷澤 | 孫瑜婕 | 高紹哲 | 張書岳 |
| 張書扉 | 張芸穎 | 張至晴 | 張丰謙 |
| 張靖晨 | 黃詩云 | 黃緯承 | 黃暄棋 |
| 黃伊恩 | 童翌青 | 廖昱恩 | 廖翊光 |
| 鄧謙實 | 劉芸妗 | 劉豫瑄 | 蔡僑陽 |
| 蔡依庭 | 黎子樂 | 潘品彤 | 劉懿瑱 |
| 賴宥瑄 | 賴妍沁 | 蕭義軒 | 盧辰翰 |
| 謝佾芳 | 魏少丞 | 簡右晴 | 羅安晴 |
| 羅慈涵 | 蘇佾宸 | 蘇柏允 | 龔建維 |

詩星 05

詩控島嶼

作者 亮孩
總編輯 彭瑜亮、陳品誼
編輯 鄭雅婷、洪士鈞
出版行政 林子又
設計、插畫 宋柏諺
手寫字 巫婉寧
出版 亮語文創教育有限公司
地址 302 新竹縣竹北市光明六路 251 號 4 樓
電話 03-558-5675
電子信箱 shininglife@shininglife.com.tw

印刷 漾格科技股份有限公司
總經銷 大和書報圖書股份有限公司
初版一刷 2024 年 4 月
定價 320 元
書號 AB010
ISBN 978-626-96425-6-4



國家圖書館出版品預行編目 (CIP) 資料

詩控島嶼 / 亮孩著 · 初版
新竹縣竹北市 · 亮語文創教育有限公司
2024.4 / 136 面 ; 13x19 公分（詩星 05）
ISBN : 978-626-96425-6-4（平裝）
863.51 113004420